CURÉS

ET

PRUSSIENS

PAR

J.-M. VILLEFRANCHE

BOURG

IMPRIMERIE J.-M. VILLEFRANCHE

Place d'Armes, 1

1877

CURÉS

ET

PRUSSIENS

PAR

J.-M. VILLEFRANCHE

BOURG

IMPRIMERIE J.-M. VILLEFRANCHE

Place d'Armes, 1

1877

PRÉFACE

Né du peuple et resté du peuple par la modestie de l'existence et par la nécessité du travail quotidien, je n'ai pu assister impassible à la vaste conspiration organisée contre l'intelligence des ouvriers, des paysans, mes amis et mes frères.

Le peuple est naturellement loyal; bien loin de fuir la vérité, il l'aime, il la désire; mais comme il n'a pas les moyens de la chercher par lui-même, trop souvent les pires ennemis et de lui et d'elle, lui font accepter à sa place les plus grossiers mensonges.

Tromper le peuple pour le mieux exploiter, l'abêtir s'il se peut pour l'asservir, telle est leur devise secrète.

Leur devise extérieure au contraire est « Progrès, lumière, liberté. » De là tous leurs succès.

Une incroyable calomnie que, à la honte de notre temps, on est obligé de réfuter sérieusement, va nous les faire prendre, comme on dit, « la main dans le sac ».

CURÉS ET PRUSSIENS

I

En fait de crédulité, à nous la palme !

Je me souviens qu'un jour de jeudi-saint, lorsque j'étais tout petit, mon grand'père, pour se débarrasser du bruit que je faisais à côté de lui durant l'office, me mit son parapluie entre les mains et me dit : Va-t'en dehors sur la place, à la porte de l'église ; voici le moment où les cloches vont partir pour Rome ; quand tu les verras passer, s'il pleut, prête-leur mon parapluie ; elles nous le rapporteront après-demain.

— J'y vais, grand'père.

— Mais regarde bien en l'air, au moins.

— Oui, grand'père.

Et je sortis tout fier, tout glorieux de la commission qui m'était confiée.

Une autre fois ce même grand'père, qui aimait fort à rire, voyant que je m'ennuyais à le regarder sarcler ses pommes de terre, sur la montagne, imagina de me faire monter la garde au coin de son champ :

« Petit, me dit-il, va te poster là-bas, au détour du chemin. Il y passera sûrement un lièvre ; il en passe tous les jours. Quand il sera tout près de toi, crache-lui dans l'œil. Il s'arrêtera pour se débarbouiller ; tu profiteras de ce moment pour lui saisir l'oreille droite, et tu me l'amèneras.

— Oui, grand'père ! » Et me voilà parti. Mais la faction n'était point commode : il fallait se tenir immobile. Au bout d'un instant je perdais patience et revenais au grand-père :

— Grand'père, il n'en passe point !

— Ah ! malheureux, répliquait-il avec un geste de désappointement, il en est justement venu un pendant que tu t'es retourné pour me parler !

Et je reprenais, plein d'une confiance nouvelle, mon poste d'observation.

Faut-il achever la confession de mes naïvetés ? Achevons, au risque de me perdre du premier coup dans votre esprit, amis lecteurs, dont l'opinion favorable ne m'est cependant pas indifférente. Mais, puisque confession il y a, la vérité avant tout !

Un jour qu'il m'avait vu considérant d'un œil attentif le nettoyage du lavoir du village, mon grand'père m'annonça qu'on devait procéder à la même opération pour le lit de la Saône, qu'on allait y mettre une bonde pour arrêter l'eau, du côté de Gray ; et il me laissa toute une soirée faire le pied de grue au bord de la rivière, en attendant qu'elle cessât de couler tout-à-coup, et que je pusse chercher à l'aise entre les bateaux mis à sec une demi-douzaine de billes que j'y avais laissé rouler.

Nous n'allions pas une seule fois ensemble à Lyon qu'il ne m'arrêtât devant le « cheval de bronze », place Bellecour, sous prétexte que c'était le moment où on allait le descendre de son piédestal pour lui donner à boire. Si nous passions près du pont de la Feuillée, il me faisait faire un détour, pour éviter les lions de pierre qu'il déclarait fort dangereux.

Excellent homme pourtant ; le ciel me préserve d'offenser sa mémoire vénérée ! Plus il m'avait berné, plus il me témoignait d'affection. Le soir, en rentrant au logis, il m'indemnisait par une poire de plus, ou par une de ces longues histoires de la Bible qu'il racontait si bien, et sérieusement cette fois.

Mais c'est moi, cher lecteur, c'est moi que vous devez trouver bien simple !

Allons ne vous gênez pas, dites le mot : vous me trouvez bien bête !

Je ne vous contredirai point ; mais laissez-moi vous répéter que je n'avais alors que cinq ou six ans.

Les anciens Egyptiens croyaient que Dieu était un bœuf ou un oignon. Les Mexicains d'avant la conquête espagnole, quand ils voyaient une éclipse de soleil, s'imaginaient qu'un dragon dévorait l'astre du jour, et ils se mettaient à crier, à battre du tambour et à faire charivari pour effrayer le monstre et l'obliger à lâcher prise. Les nègres d'Afrique, qui ne voient jamais les hirondelles pondre chez eux, se figurent que ces oiseaux sont immortels, ou qu'ils naissent de la fumée des maisons, au lever du soleil.

Et cœtera, et cœtera; ami lecteur, je pourrais multiplier à l'infini ces exemples de la bêtise humaine.

Mais je n'en connais pas de plus étrange, de plus colossal, de plus phénoménal que celui dont je veux toucher un mot aujourd'hui, à savoir que CE SONT LES CURÉS QUI ONT FAIT LA GUERRE DE 1870, ET QUE LES CURÉS ET

LES NOBLES ENVOYAIENT DE L'ARGENT AUX PRUSSIENS.

Veuillez bien le remarquer, en effet, mon âge me rendait excusable lors de mes histoires de cloches et de lièvres ; et quant aux anciens Egyptiens, aux Mexicains et aux Nègres, ce n'étaient pas des Français du dix-neuvième siècle ; ils ne connaissaient ni le télégraphe, ni les chemins de fer ; ils ne lisaient ni *Progrès*, ni *Petit lyonnais*, ni *Petite République* à un sou ; ils n'étaient ni vaccinés, ni gardes nationaux, ni électeurs, ni éligibles.

Et c'est ce qui me fait dire que, si nous avons quelque droit de nous moquer de ces peuples enfants, notre crédulité aux « curés qui envoient de l'argent aux Prussiens » leur en donne bien davantage de se moquer de nous. On leur fait avaler des crapauds et des couleuvres, pour me servir d'une métaphore populaire ; mais à vous, paysans et ouvriers français, on vous fait avaler des hippopotames, des *boas constrictors*. A nous la palme !

Ici peut-être plus d'un lecteur ingénu, qui ne vit pas avec le peuple, ou devant qui le peuple ne cause pas à cœur ouvert, va m'arrêter et me dire : Voyons, parlez-vous sérieusement? Est-il bien possible qu'on ait cru à cette plaisanterie des curés, des nobles et des Prussiens?

Si c'est possible! c'est tellement possible qu'on y croit encore, après sept ans.

Je l'ai entendu répéter, dans la présente année 1877, et répéter avec conviction, dans un chef-lieu de canton du nord du département de l'Ain, à la porte d'un gentilhomme qui, sur cinq fils, en avait envoyé quatre à l'armée française en 1871, et qui en aurait envoyé cinq, sans une infirmité du cinquième.

Je l'ai entendu répéter dix fois, vingt fois, en chemin de fer. Je pourrais vous citer, aux portes de Bourg, tel village dont les votes, de conservateurs qu'ils étaient, sont devenus radicaux pour ce motif, et pas pour un autre; je pourrais vous nommer tels paysans — je dis *paysans* au pluriel parce qu'il y en a des quantités — qui n'ont pas remis les pieds dans les églises depuis 1870, à cause de cette même ineptie, et tels autres qui se garderaient bien de verser aujourd'hui comme autrefois leur offrande au Denier de Saint-Pierre, ou à la Propagation de la Foi, parce qu'on leur a persuadé que cet argent va à Rome pour les Prussiens!

Cette absurde croyance, qui nous rend la

risée de l'Europe, est tellement sérieuse, tellement répandue et enracinée, que je voudrais être assez riche pour faire tirer le présent opuscule à dix millions d'exemplaires et l'adresser à nos dix millions d'électeurs. Sur ce nombre, je gagerais qu'il y en a trois millions qui en pourraient faire leur profit!

C'était, du reste, la même chose déjà en 1814 et 1815. Rien de nouveau sous le soleil. Les vieillards se rappellent qu'alors, comme aujourd'hui, « c'étaient les curés et les nobles qui attiraient les alliés en France. » Mais alors la calomnie pouvait revendiquer une ombre de vraisemblance. La chute de Napoléon rendit à la liberté le pape Pie VII, prisonnier à Fontainebleau, et ceux des nobles qui se faisaient illusion sur les résultats de la Révolution pouvaient espérer que les Bourbons leur rendraient leurs priviléges.

Mais aujourd'hui peut-on alléguer rien de semblable?

Loin d'être délivré par la chute de Napoléon, le pape Pie IX y a perdu son indépendance temporelle; il est devenu le captif du roi d'Italie, et ce résultat était prévu, inévitable, dès avant 1870, grâce aux inconséquences de la politique du second empire français.

Néanmoins, en 1814, la rumeur calomnieuse eut incomparablement moins de retentissement et de durée qu'en 1870.

Cela ne prouve guère en faveur des progrès du bon sens populaire.

Il a marché, mais comme les écrevisses.

II

Personne n'a osé l'écrire, mais cela s'est dit partout.

J'ai nommé tout-à-l'heure les petits journaux radicaux à un sou. Il faut leur rendre cette justice que jamais ces grands mystificateurs du peuple n'ont osé donner un corps et une forme précise aux accusations contre les curés pourvoyeurs des Prussiens. Ces choses-là ne s'écrivent point; c'est trop bête, et puis les tribunaux sont-là.

Mais jamais non plus ils n'y ont donné un démenti, quelques sommations qui leur en aient été faites par la presse conservatrice.

Ils en profitent et ils laissent faire.

Reconnaissons toutefois que, s'ils reculent devant l'insertion de cette phrase qui est la formule même de l'accusation :

« En 1870 et 1871 les curés, les nobles étaient avec les Prussiens ; ils envoyaient de l'argent aux Prussiens »

ces journaux n'ont jamais rien négligé pour corroborer la vérité de la phrase qu'ils n'osent pas imprimer.

Un exemple entre mille.

Ecoutez ce dialogue d'un « clérical » et d'un soldat qu'un député, M. Edouard Lockroy, publiait dans le *Rappel* en avril dernier.

« Vous ne savez donc pas, jeune soldat, que le devoir de tous les bons cléricaux consiste à envoyer de braves jeunes gens comme vous se faire tuer pour le vieillard bien renté et bien repu qu'on a déclaré infaillible en 1870? Jeune soldat, qui me demandez ce que je fais, je vous répondrai avec toute la sincérité de mon âme : je prépare la guerre, jeune soldat ; je vous envoie à la bataille, jeune soldat ; je tâche de priver votre père de son fils, jeune soldat ; je tâche d'arracher leur frère à vos sœurs, jeune soldat ; je tâche de priver la patrie d'un citoyen, jeune soldat ; je tâche de priver la République d'un défenseur, jeune soldat. Mon but, mon rêve, mon idéal, jeune soldat, c'est la guerre pour le Pape.

« Ah ça ! est-ce que vous croyez que nous nous inquiétons des provinces perdues, des contributions de guerre, des hommes morts ? Pour se préoccuper de ces choses, il faut avoir une patrie et nous n'avons pas de patrie : ou plutôt si, nous en avons une : elle est située en Italie et elle s'appelle Rome. Nous somme cléricaux, nous ne sommes pas

Français. Cléricaux, cela veut dire citoyens de Rome, mais non pas de la Rome civilisée, intelligente qu'a faite l'annexion ; citoyens de la Rome corrompue, fainéante, abrutie qu'avait faite la civilisation papale ; non pas de la Rome républicaine, mais de la Rome asservie, non pas même de la Rome des césars, mais de la Rome des jésuites.

« Mourez, soldats ; provinces, subissez le knout des sous-officiers allemands ; contribuables de France, payez la contribution de guerre, qu'est cela nous fait ? Les élèves de nos séminaires sont exempts du service militaire ; les provinces conquises n'appartiennent pas à notre souverain Pie IX ; l'argent payé n'est pas pris au budget des cultes. *Nous avons poussé à la guerre de* 1870. *C'était notre guerre. Nous recommencerions aujourd'hui.* »

Je le demande : ce langage infâme n'est-il pas, au fond, le simple développement et la confirmation la plus explicite de la phrase ci-dessus : *Les curés et les nobles envoyaient de l'argent aux Prussiens ?*

Mais si la phrase ne s'écrit point textuellement, elle se dit, elle se colporte par des hommes qui n'en croient pas un mot, mais qui font du mensonge le piédestal de leurs ambitions.

Ne l'avons-nous pas entendu rééditer, au mois de juin 1877, à l'occasion des pélerinages à Rome pour le jubilé épiscopal de Pie IX? On y mettait seulement une légère variante : ce n'était plus aux Prussiens directement, c'était *au Pape pour nous ramener les Prussiens,* que les pélerins portaient notre argent.

Formidable puissance des sociétés secrètes ! Car tout cela est un mot d'ordre, et il y a de quoi trembler, quand on songe à la rapidité, à l'ensemble effrayant avec lesquels ce mot d'ordre se répandit, en 1870, sur toute la surface du pays.

Je l'ai saisi au passage, ce mot d'ordre — souffrez, ami lecteur, que j'en revienne encore une fois à mes souvenirs personnels : ils vous seront une garantie de pleine authenticité — j'ai entendu signaler la connivence des prêtres, des nobles et des Prussiens, dans tous les lieux publics où j'ai pu m'arrêter pour prendre langue durant les désastreuses retraites qui entraînaient, aussi bien que l'armée, la fraction du service télégraphique dont j'avais la direction. A Paris, au Mans, à Tours, à Poitiers, à Lyon, partout les mêmes orateurs de carrefours et de cabarets redisaient le même refrain. Il y a plus : le mot d'ordre s'étendait jusqu'à l'armée allemande. Ma famille, que les circonstances m'avaient obligé à laisser au milieu de l'ennemi, put constater plus d'une fois les cris de colère des soldats de la landwehr contre les « robes noires » de Versailles, qu'on leur avait désignées comme les auteurs de la guerre, et les brutalités toutes spéciales, les longues semaines de prison dont furent victimes un certain nombre de curés, venus au quartier général du roi Guillaume pour intercéder en faveur de leurs paroissiens.

Moi-même un jour, à la buvette de la gare de Lyon-Perrache, je fus témoin des hâbleries d'un sous-officier allemand fait prisonnier à Villersexel, qui se glorifiait, en mauvais français, des excellentes provisions et des grosses sommes que le Pape et les jésuites n'avaient cessé de fournir, sur toute la route, aux envahisseurs de notre sol. Quelques ouvriers qui l'écoutaient se regardaient d'un air significatif : « C'est donc bien vrai, pensaient-ils : eux-mêmes le disent ! » Je me permis d'interrompre l'orateur : « Vous mentez, lui dis-je sévèrement ; le Pape est prisonnier depuis le 20 septembre, par suite de vos victoires, et quant aux jésuites, il n'y en a plus, ni à Lyon, ni sur la route que vous venez de parcourir et où Garibaldi commande.» Le sous-officier balbutia ; mais lorsque je lui eus décliné, en bon allemand, mes titres et qualités, et que je lui eus signifié que ses calomnies n'avaient pas de prise sur moi, il renfonça son casque à pointe, tourna sur ses talons et rejoignit, sans répliquer, ses camarades qu'un train emmenait vers le midi.

Les racontages de cet allemand me parurent le sublime du genre, en fait de perfidie et d'impudence ; voici maintenant le *nec plus ultrà* en fait de crédulité ; ce sont des paysans français qui vont nous l'offrir.

III

Un roi dans un tonneau.

Je rencontrais à table d'hôte, au Mans, le Marquis de Coislin, vieillard presque septuagénaire, aux cheveux blancs, qui cherchait la mort sous les balles prussiennes, et qui l'y a trouvée. Ce marquis de Coislin, à cause de son âge, vivait en dehors de la caserne de Sainte-Croix, qui abritait les zouaves pontificaux ou volontaires de l'Ouest — encore des nobles et des cléricaux qui envoyaient de l'argent à l'ennemi, sournoisement et en cachette, mais qui, officiellement et en public, ne lui envoyaient que du plomb, et qui recevaient le sien sans broncher. — On avait parlé des accusations absurdes qui nous occupent. J'affirmais, tout le premier, mon entière conviction qu'elles ne pouvaient pas rencontrer le moindre accueil dans le public.

—Détrompez-vous, observa le marquis de Coislin : les journaux et les cabarets ont si habilement, si patiemment travaillé à troubler le bon sens populaire ; les foules se défient tellement de tout ce qui est au dessus d'elles, que si on leur disait que le Pape, ou le comte de Chambord, l'un et l'autre en personne, courent de châteaux en châteaux et de cures en cures devant l'armée prussienne pour lui préparer ses logements, on le croirait.

— Si nous essayions? dit un jeune homme en riant.

— Essayez, si vous voulez, insista le marquis ; je vous prédis un succès qui vous épouvantera.

— Mais qui nous amusera aussi, reprit le jeune homme ; les occasions de s'égayer sont si rares par le temps qui court..!

Le jeune homme voulut en avoir le cœur net. Le lendemain, qui était un jour de marché, il raconta à haute voix à un compère, dans plusieurs cafés ou cabarets successivement, comme quoi et pour quel motif le comte de Chambord voyageait au devant des Prussiens ; il poussa même la charge jusqu'à préciser de quelle manière il voyageait ; qu'on avait failli l'écharper dans sa voiture près de Chartres; qu'alors profitant de la coïncidence des vendanges, il s'était logé dans un grand tonneau qu'un paysan vendéen promenait sur une charrette et descendait, le soir, dans une cure ou dans un château ; que s'il arrivait qu'il y eut des patriotes parmi les domestiques du château, le voiturier, garçon très-prudent, laissait le prince dans le tonneau, et alors châtelains et curés venaient lui parler par la bonde.

Cette bonde, je l'avoue, me parut de trop; je crus qu'elle allait faire crouler tout l'échafaudage élevé, avec tant d'imagination, par notre commensal. Point. L'échaffaudage tint bon avec toute sa charge, et deux ou trois jours après nous vîmes à l'entrée de la ville, une troupe d'ouvriers surveiller la route et renverser les tonneaux vides qui passaient, pour voir si par hasard il n'y avait pas quelqu'un dedans !

Si notre commensal, qui s'engagea aussi dans les Volontaires de l'Ouest, n'a pas été tué à Patay ou au Mans ; s'il se présente jamais quelque part devant le suffrage universel pour être député, ou seulement conseiller municipal, je ne serais pas étonné qu'il échouât, comme suspect d'aimer les princes qui voyagent de cures en cures, de châteaux en châteaux, pour le compte des Prussiens. Ce sera bien fait, et je ne l'en plains aucunement. Il ne faut jamais jouer avec la bonne foi du peuple.

Revenons au sérieux.

IV

S'il a jamais été possible que l'Église travaillât pour le roi de Prusse.

Faut-il maintenant, faut-il faire à ces inepties l'honneur de les réfuter sans rire? faut-il prendre corps à corps cette chimère et enfoncer une lance dans ces moulins à vent?

Hélas! oui, il le faut. J'en demande pardon à mes lecteurs, mais la chimère est une réalité pour nos campagnes, et les moulins à vent se dressent comme un épouvantail, comme un obstacle formidable, entre des millions de braves gens et l'Eglise catholique, entre des centaines de milliers d'électeurs et le parti conservateur.

Ces braves gens qui s'en laissent conter si facilement par les sociétés secrètes, ignorent sans doute que les Prussiens sont protestants, et que le roi ou empereur Guillaume est un des Papes du protestantisme. S'ils l'ignorent vraiment, je viens le leur apprendre, et je les supplie de m'en croire sur parole, sauf à faire contrôler mon affirmation par monsieur l'instituteur du village, la première fois qu'ils le rencontreront.

D'autre part, ils n'ignorent pas que le Pape, le vrai Pape, Pie IX, le successeur de saint Pierre à Rome, est catholique ; que nos curés sont catholiques, et que les habitants des châteaux sont, très généralement, catholiques aussi.

Ce simple raisonnement doit suffire aux personnes de bonne foi.

Voilà d'un côté le chef de la religion catholique, et de l'autre, un des chefs, et des plus acharnés, de la religion protestante. Ces deux religions ne cessent de se combattre ; sur toute la surface de l'Europe et du globe, elles se disputent l'une à l'autre le cœur de l'humanité civilisée. Pie IX envoie sur les terres de Guillaume des missionnaires qui sont obligés de s'y cacher, comme autrefois ceux de la Chine et du Japon ; il y nomme des prêtres, des curés, des évêques que Guillaume fait arrêter et expulser en masse du pays prussien ; il vient d'y créer cardinal un archevêque qui se trouvait alors dans les prisons de Guillaume. Guillaume, de son côté ne néglige aucune occasion de faire pièce à Pie IX. Il a poussé les Italiens à lui arracher les derniers débris du domaine de saint Pierre, le 20 septembre 1870 ; son ministre, actuellement disgracié, mais alors tout puissant, M. d'Arnim, travailla publiquement à ouvrir les portes de Rome à la Révolution, et quand la petite armée pontificale, prisonnière d'une armée six fois supérieure en nombre, défila tristement devant l'état-major de Victor-Emmanuel, M. d'Arnim, seul des ambassadeurs étrangers, était là fier et triomphant, au premier rang des généraux italiens, et il semblait leur dire : « Vos boulets ont fait brèche dans la cité papale ; mais sans mes intrigues, sans la volonté de mon maître et les victoires qu'il a remportées en France, jamais vous n'auriez eu l'audace de lancer vos boulets. »

Et vous voulez, bons villageois, qui pourtant raisonnez si juste quand il s'agit de vos intérêts, vous voulez que Pie IX fasse des quêtes au profit de Guillaume, qu'il encourage et aide secrètement Guillaume dans ses entreprises, qu'il envoie à Guillaume votre argent dont lui même a si grand besoin, depuis que ledit Guillaume et son ami Victor-Emmanuel lui ont tout pris !

Autant vaudrait nous dire que, lorsque vous avez un procès contre un voisin, vous allez donner de l'argent à ce voisin s'il n'en a pas assez, pour payer le meilleur avocat du barreau et le faire plaider contre vous !

Autant nous faire accroire que, s'il venait des voleurs dans vos bois, vous vous cotiseriez pour les y entretenir, leur fournir de la poudre et les aider à esquiver la poursuite des gendarmes!

Si vous lisiez un peu plus les journaux, ou plutôt si vous en lisiez un plus grand nombre et de meilleurs — car malheureusement vous n'en lisez qu'un, et c'est toujours le plus mauvais, celui qui vous flatte et se moque de vous — je vous prierais de remonter plus haut, à l'origine de la puissance prussienne.

Le premier fondateur de la Prusse, Albert de Brandebourg, fut un renégat, un religieux apostat qui se fit protestant pour s'approprier les domaines des chevaliers teutoniques, dont il n'avait que la garde viagère. Le Pape l'excommunia; et lui, il chassa ou fit pendre tous les prêtres restés fidèles au Pape.

Le second fondateur, le véritable, fut Frédéric II, qui vivait il y a cent ans. Brigand sans foi ni loi, mais brigand de génie, ce fut lui qui conçut l'idée du partage de la Pologne et qui engagea la Russie et força l'Autriche à en prendre chacune leur morceau, afin qu'elles l'aidassent à garder le sien et à le défendre au besoin. L'Europe resta muette devant cette iniquité; un seul souverain, le plus petit de tous, osa la flétrir hardiment : ce fut le Pape.

Tels furent, de tout temps, les rapports des rois de Prusse et des Papes.

Ils s'entendent comme le loup et le mouton, ou plutôt comme le loup et le chien préposé à la garde du troupeau.

V

Qui faisait des vœux pour ou contre la Prusse en 1866?

Enfin, lorsque le roi actuel, Guillaume, le digne successeur de Frédéric II, attaqua subitement l'Autriche et détrôna sans déclaration de guerre son cousin le roi de Hanovre — et beaucoup d'autres — qui donc était pour lui, et qui contre lui ? Le fait n'est pas encore bien vieux ; la plupart d'entre vous s'en souviennent : c'était en 1866. Eh bien ! feuilletez les brochures ou les collections des journaux d'alors, ou cherchez dans votre mémoire : vous verrez le Pape et les journaux du Pape et des curés unanimes à déplorer cette guerre, à stigmatiser l'ambition de la Prusse, à supplier Napoléon III, que ses sympathies italiennes avaient aveuglé, d'arrêter la Prusse et de prendre garde au lendemain pour la France.

Par contre, tous les journalistes de la Révolution, tous les députés et sénateurs qui s'affublaient du titre de libéraux, le prince Jérôme Napoléon en tête, n'avaient qu'une voix pour crier « A bas l'Autriche et vive la Prusse ! »

Brutal et grossier, mais franc dans l'expression de sa pensée, le prince Napoléon s'écriait, aux applaudissements de quiconque n'était pas « clérical » — sauf pourtant M. Thiers, il faut lui rendre cette justice :

« On a trop fait d'hésitation et de prudence jusqu'ici, on aurait dû s'allier franchement à la Prusse et à l'Italie depuis un an : l'heure est venue où le drapeau de la Révolution, celui de l'Empire, doit être largement déployé. Quel est le programme de la Révolution ? C'est d'abord la lutte engagée contre le catholicisme, lutte qu'il faut poursuivre et clore; c'est la constitution des grandes unités nationales, sur les débris des Etats factices et des traités qui les ont fondés ; c'est la démocratie triomphante.... Or, le premier obstacle à vaincre, c'est l'Autriche, repaire de catholicisme et de féodalité.... La France doit être l'amie et le soutien de la Prusse, la patrie du grand Luther.... Oui, j'espère qu'avant deux mois nos armées seront engagées dans la lutte, et qu'elles seront du côté de la Prusse et de l'Italie !... »

Ainsi, si la chose n'eut dépendu que du prince Napoléon et de ses amis, Napoléon III aurait fait une guerre de plus, en 1866, et il l'aurait faite pour l'agrandissement de la Prusse !

Les succès foudroyants des armées prussiennes rendirent inutile le bon vouloir des radicaux français de ce temps-là, mais Sadowa, que Sedan devait suivre de si près, fut salué par eux avec autant d'enthousiasme que l'avaient été Magenta et Solférino, et le principal de leurs journaux, le *Siècle*, qui remplaçait à lui seul tous les *Progrès* et toutes les *Petites républiques* encore dans l'œuf, fut décoré par la Prusse dans la personne du correspondant qu'il avait envoyé à la suite de l'armée prussienne.

Et ces gens-là viennent nous dire, quand le malheur est fait et la France couchée par terre sous les griffes de leurs amis, ils viennent nous dire que c'est le Pape et le clergé qui ont fait ce mal, et que, les amis de Prussiens, ce sont le Pape et le clergé !

VI

Comment Bismarck et Guillaume traitent les curés en Prusse.

Mais vous nous supposez donc à jamais incapables de réfléchir, ô sinistres farceurs ! Vous n'avez donc pas prévu que lorsque Guillaume et Bismarck, arrivés au faîte de la puissance, démasqueraient enfin, — et toujours à votre grande joie et à vos applaudissements répétés — leur plan suprême, ce qu'ils appellent « la mission historique de la Prusse » et qui n'est autre chose que l'asservissement des consciences à l'Etat et la suppression complète de l'église catholique en Allemagne, vous n'avez donc pas prévu que nous pourrions faire en nous-mêmes le raisonnement suivant :

« C'est singulier ! Ce Guillaume, ce Bismarck, qu'on prétend si intimes avec nos prêtres, nos évêques et notre Pape, les voilà, qui frappent à tort et à travers sur ce Pape, et sur leurs prêtres et leurs évêques qui sont en communion avec les nôtres, tandis qu'ils n'ont que des douceurs pour les prêtres que le Pape déclare schismatiques, et qu'ils fabriquent eux-mêmes des évêques intrus, uniquement en haine du Pape! Nous les avons vus passer, sur tous les chemins de l'exil, ces pauvres religieux et religieuses, ces pauvres curés allemands; nous avons vu Mgr Mermillod, de Genève, et les quatre-vingt et quelques prêtres du Jura bernois chassés de la Suisse, de cette terre jadis classique de l'hospitalité et de la liberté, et cela par l'influence de M. de Bismarck. Nous mêmes nous possédons parmi nous des frères des écoles chrétiennes, des frères de Marie, et d'autres instituteurs de l'enfance, qui ont dû quitter Colmar, Mulhouse, Strasbourg, depuis que notre pauvre Alsace a eu le malheur de tomber sous le sceptre de fer des protestants prussiens. Nous voyons jusqu'à des religieuses, des Carmélites, des Visitandines, qui certes n'étaient pas des adversaires politiques de Guillaume, puisqu'elles sont cloîtrées et ne lisent pas de journaux, nous les voyons bannies, dépouillées de tout, se réfugier en France. Sans chercher bien loin, il y en a à Lyon, de ces fugitives allemandes, il y en a à Bourg, il y en a à Gex... Et nos religieuses françaises, nos religieux, nos prêtres subventionneraient de leur argent et du nôtre ceux qui font de pareilles choses ! Décidément on nous prend pour des imbéciles !.. »

Conclusion pénible, ô crédules campagnards, mais conclusion logique à laquelle vous n'aurez pas le droit de contredire.... et moi non plus. On vous prend pour des imbéciles, c'est le vrai mot, et c'est vous qui l'avez prononcé.

Mais supposons que ce crime de trahison de nos curés fut vrai ; supposons que le Pape et le clergé catholique eussent effectivement rendu tant de services à la Prusse, leur implacable ennemie : certes je me garderais de m'étonner de l'ingratitude des Prussiens à leur égard : en politique, et surtout dans la politique de fer et de sang des Bismarck et des Guillaume, il n'y a pas de reconnaissance, pas de sentimentalisme.

Mais l'intérêt personnel n'imposerait-il pas à Guillaume et à Bismarck les plus grands ménagements envers leurs complices de la veille, susceptibles de devenir leurs complices du lendemain ? « Nous les méprisons, diraient-ils, nous méprisons ces citoyens traîtres à la France; mais la France se relève;

d'une année à l'autre la guerre peut recommencer ; ne nous brouillons pas avec eux !

Et, bien loin de les persécuter, ils les subventionneraient, ils les cajoleraient, comme on fait du chien d'arrêt dont on est loin de louer les manœuvres sournoises et les fourberies vis-à-vis du gibier, mais que l'on nourrit parce qu'on en a besoin pour tuer le gibier !

VII

Deux lettres de Pie IX et une de Guillaume.

Pour reposer nos yeux de toutes ces sottises, laissez-moi recopier de mon *Histoire de Pie IX* une lettre de notre grand Pape, en date du 22 juillet 1870. On y verra si c'est lui qui a poussé à la guerre en 1870 :

« Sire, écrivit-il au roi de Prusse, dans les graves circonstances où nous nous trouvons, il vous paraîtra peut-être insolite de recevoir une lettre de moi ; mais, Vicaire du Dieu de paix sur la terre, je ne puis faire moins que de vous offrir ma médiation. Mon désir est de voir disparaître les préparatifs de guerre, et d'empêcher les maux qui en sont la conséquence inévitable. Ma médiation est celle d'un souverain qui, en qualité de roi, ne peut inspirer aucune jalousie, en raison de l'exiguité de son territoire, mais qui pourtant inspirera confiance par l'influence morale et religieuse qu'il personnifie.

« Que Dieu exauce mes vœux, et qu'il exauce aussi ceux que je forme pour Votre

Majesté, à laquelle je désire être uni par les liens de la même charité.

« PIUS PP. IX.

« J'ai écrit également à S. M. l'empereur des Français. »

Le roi de Prusse répondit de Berlin, à la date du 30 juillet :

« Bienheureux Pontife, je n'ai pas été surpris, mais profondément touché, en lisant les émouvantes paroles tracées par votre main pour faire entendre la voix du Dieu de paix. Comment mon cœur pourrait-il rester insensible à un si puissant appel ? Dieu m'est témoin que ni moi ni mon peuple n'avons désiré ni provoqué cette guerre. Obéissant aux devoirs sacrés que Dieu impose aux souverains et aux nations, nous avons tiré l'épée pour défendre l'indépendance et l'honneur de la patrie, et nous sommes prêts à la déposer dès que ces biens ne risqueront plus de nous être ravis. Si Votre Sainteté pouvait m'offrir, de la part de qui a si inopinément déclaré la guerre, l'assurance de dispositions sincèrement pacifiques et de garanties contre le renouvellement de semblables violations de la paix et de la tranquillité européenne, ce n'est certes pas moi qui refuserais de les recevoir des mains vénérables de Votre Sainteté, uni comme je le suis à Elle par les liens de la charité chrétienne et d'une sincère amitié ».

« GUILLAUME »

La lettre de Pie IX à Napoléon III n'a pas été publiée, non plus que la réponse de ce dernier ; si toutefois il répondit. Quant à la lettre à Guillaume, c'est Guillaume lui-même qui l'a divulguée, avec sa réponse, au moment où il avait encore des alliés et des soldats catholiques à ménager. Plus tard il s'est montré moins respectueux et moins courtois envers le Vatican.

Pie IX ne se laissa pas décourager par l'insuccès de cette première tentative. Il essaya de s'interposer de nouveau quand l'excès de nos revers eut rendu la continuation de la lutte une folie de notre part. Il fit supplier le gouvernement de la Défense nationale de cesser d'accumuler les désastres. En même temps, il représenta au roi de Prusse combien il serait peu généreux d'accabler un ennemi par terre. Le 12 novembre 1870, il écrivait à Mgr Guibert, alors archevêque de Tours, dont le palais servait de résidence à la Délégation du gouvernement :

«... Ne négligez rien, nous vous en conjurons, pour amener vos illustres hôtes à ne pas prolonger cette guerre... Nous n'ignorons point toutefois que cela ne dépend point d'eux seuls et que nous poursuivrions sans résultat la grande œuvre de paix qui nous préoccupe, si notre pacifique ministère ne trouvait également de l'appui auprès du vainqueur. Aussi n'avons-nous pas hésité à écrire à cet effet à S. M. le roi de Prusse. Nous ne pouvons sans doute rien affirmer au sujet de l'issue favorable de notre démarche. Ce qui nous donne néanmoins quelque espoir, c'est que ce monarque, en d'autres circonstances, a toujours fait preuve de beaucoup de bon vouloir envers nous...»

Malheureusement les hommes présomptueux qui s'étaient alors arrogé la mission difficile de sauver le pays, étaient incapables d'écouter un bon conseil, surtout un conseil donné par un Pape. Quant au roi de Prusse et à son ministre, ils étaient de ceux que la victoire enivre et que le pouvoir de tout oser rend incapables de modération. Pie IX ne les connaissait pas encore.

Les instances de Mgr Guibert auprès de MM. Crémieux, Glais Bizoin et Gambetta ne furent pas plus heureuses que celles de Mgr Ledochovski, archevêque de Posen, qui vint exprès trouver le roi Guillaume, à Versailles. Elles furent même accueillies, dit-on, avec moins d'égards dans les formes, bien qu'il ne semble pas que Guillaume ait daigné répondre cette fois à Pie IX (1).

Voilà de quelle façon l'Eglise a poussé à la guerre, en 1870 et 1871. Depuis lors, Pie IX eut encore occasion d'écrire à Guillaume, mais ce fut toujours pour lui faire des remontrances. Il a parlé de lui quelquefois publiquement, mais écoutez dans quels termes :

Le 25 juin 1872, il donnait audience au Cercle allemand des *Lectures catholiques.* Il raconta qu'il avait demandé à Guillaume quels sujets de plaintes les prêtres et religieux d'Allemagne pouvaient avoir donnés, qu'on les persécute avec tant d'acharnement. Il n'avait pas reçu de réponse.

« Mais soyez confiants, ajouta-t-il d'un air inspiré et après un moment de silence : « Un caillou tombera de la montagne qui brisera les pieds du colosse ! »

Plus tard, en 1877, il ne craignit pas de comparer à Attila le vainqueur de Sadowa et

(1) *Pie IX, sa vie, son histoire, son siècle,* par J. M. Villlefranche, page 307 de la 5me édition.

de Sedan. Tel est l'excellent accord des curés et des Prussiens !

Après cela je rougirais d'être obligé de pousser ma démonstration plus loin ; j'en rougirais pour mes compatriotes...

VIII

De quel côté sont les vrais amis et les vrais ennemis du peuple.

Poursuivons cependant; allons jusqu'au bout. Je l'ai dit : je suis du peuple, moi aussi; je connais le peuple et ses instincts généreux ; je sais qu'il n'est si facile à abuser que parce qu'il est sincère et droit.

Ah! pauvre peuple, quand donc sauras-tu distinguer tes vrais amis? Quand donc comprendras-tu que ce ne sont pas ceux qui te soufflent la jalousie et la haine, mais ceux qui te prêchent la paix, la confiance envers les honnêtes gens plus instruits que toi, la justice à l'égard de tous et même des riches, la charité de chacun à l'égard de son voisin, et cette concorde enfin qui assurerait le bien-être et la sécurité de la France, qui préviendrait le retour des révolutions dont personne n'a besoin, sauf les pêcheurs en eau trouble?

Ceux qui te flattent, qui te parlent toujours de tes droits et jamais de tes devoirs, ceux qui cherchent à te persuader que tu n'as point d'âme, qu'il n'y a point de Dieu, qu'il n'y a point de loi au-dessus de tes caprices, et que tu es toi-même la justice suprême parce que tu es le nombre, ceux qui ne cessent de t'ameuter contre les prêtres et les riches, contre les gouvernements et la société, ceux-là te trompent, ô peuple, ceux-là veulent t'abêtir et te corrompre pour t'asservir !

Ils voyaient leur patrie aux abois, en 1870 ; ils entendaient le râle de son agonie, et c'est le moment qu'ils ont choisi pour rendre ses enfants suspects les uns aux autres, pour troubler le courage de ceux qui couraient à la frontière, en leur faisant croire qu'ils laissaient d'autres ennemis derrière eux !

Aujourd'hui encore, ils voient la grande blessée se relever péniblement sur ses membres épuisés de sang ; ils voient que ce n'est pas trop, pour la soutenir, du concours et du dévouement de tous, et ils viennent crier aux uns : « Arrière ! on ne veut plus de vous !» et murmurer aux autres à voix basse, dans les ténèbres, car ils n'oseraient le dire tout haut : « Défiez-vous ! Défiez-vous !»

Et de qui donc ne veut-on plus ? De qui faut-il se défier ?

De qui ? de tous ceux qui sont les guides et les conseillers naturels du peuple, et surtout des prêtres, les meilleurs et les plus dévoués des enfants du peuple, des prêtres qui sont du peuple eux-mêmes et par la naissance et par la pauvreté, qui vivent au milieu du peuple, uniquement pour le servir, et qui renoncent aux joies de la famille pour n'avoir d'autres enfants que lui, des prêtres qui les premiers ont appris au peuple que son âme est l'égale de celle des rois, des prêtres enfin qui ont couvert l'Europe d'écoles pour les ignorances du peuple, d'hôpitaux pour ses maladies et d'asiles de tous genres pour toutes ses misères !

Il me semble que, cette fois, les voilà découverts, les traîtres véritables, nous tenons leur signalement, et si nous pouvions mettre la main sur tous ces agents des sociétés secrètes, qui sont précisément nos calomniateurs, et les expédier à Bismarck, nous ferions à M. de Bismarck un sensible déplaisir et le priverions de précieux auxiliaires parmi nous. Ces gens-là osent nous parler de la patrie française, et ils ont proclamé l'abolition des patries, ils ont renversé la colonne Vendôme, ils ne cessent d'avilir nos antiques gloires nationales, et ils les supprimeraient toutes d'un trait de plume, s'ils le pouvaient. « Votre patrie, disait un jour Pie IX à l'un d'entr'eux, votre patrie à vous, c'est votre bourse ! »

Le spirituel Pontife avait raison. Les sociétés secrètes, toujours d'après Pie IX, constituent pour le moment la grande armée de Satan, et j'ajouterai que Bismarck en est le général en chef. Il est impossible en effet de ne pas reconnaître, dans cette conspiration de calomnies qui nous divisent et nous affaiblissent, l'infernale habileté de Bismarck et la griffe de celui que l'Ecriture sainte a nommé « le Père du mensonge ».

Oui, le Pape a correspondu avec le roi de Prusse, durant nos désastres de 1870 et 1871 ; mais vous savez maintenant dans quel but il lui écrivait.

Oui, plusieurs de nos curés et de nos religieux sont allés chez les Prussiens, à cette époque néfaste ; ils y ont même quelquefois porté de l'argent ; mais, pour y arriver ils bravaient les prisons prussiennes, les mauvais traitements prussiens, la fusillade prussienne ; mais cet argent n'était pas pour les Prussiens, il était pour nos pauvres soldats prisonniers ; c'était de nos soldats, que ces prêtres venaient panser les blessures, soulager l'exil, consoler les derniers moments. Nos calomniateurs, en général, n'ont pas vu cela. Ils n'étaient pas en Allemagnè, eux ; mais j'en appelle à tous ceux de nos fils et de nos frères qui sont revenus de cette dure captivité !

Oui, les nobles et les aristocrates sont allés au devant des Prussiens ; mais ils y allèrent le fusil en main. Rien que deux colléges de Jésuites, qui avaient à peine vingt ans d'existence, le collége St-Clément de Metz, et celui de la Rue des Postes, de Paris, eurent deux cents élèves ou anciens élèves tués au champ d'honneur. Je vous en donnerai la liste, quand vous voudrez. Pendant ce temps, combien de beaux Messieurs de l'Internationale se chauffaient dans les bureaux des ministères,des préfectures et des sous-préfectures, voire dans les ateliers des fournisseurs qui fabriquaient des souliers à semelles de carton pour nos armées...

N'importe, ami lecteur, — car je vous demande pardon de m'être échauffé la bile comme je l'ai fait, pour une stupidité aussi niaise, et je veux finir comme j'ai commencé par un trait qui vous déride — n'importe, notre siècle fera piètre figure devant l'avenir, et si nous vivons, vous ou moi, jusqu'à la centième année, nous ne nous vanterons pas souvent d'avoir appartenu à une génération de grands enfants que les sociétés secrètes menaient par le bout du nez, et qui avalait comme de l'eau claire cette énorme couleuvre, ce crapaud colossal des « Curés français pourvoyeurs des Prussiens. »

CONCLUSION

Si nos bons ouvriers, si nos naïfs campagnards, au lieu d'être des hommes, étaient des goujons, ces Messieurs de l'Internationale les pêcheraient tous à ligne, sans grand travail ni malice.

Ils n'auraient pas besoin de leur offrir, pour les attirer, de vraies mouches ni de véritables vers ; ils pourraient se contenter d'appâts artificiels.

Quand mille poissons auraient mordu et péri, le mille et unième sauterait encore hors de l'eau, au devant de l'hameçon, afin de happer plus vite la mouche en caoutchouc ou le ver en fer blanc, et de goûter plus tôt la jouissance de se voir suspendu en l'air, au dessus de la poële à frire !

www.ingramcontent.com/pod-product-compliance
Ingram Content Group UK Ltd.
Pitfield, Milton Keynes, MK11 3LW, UK
UKHW020452230726
13925UKWH00005B/1880